江戸雪

声を聞きたい

江戸 雪

目次

I

二〇〇九年
ひいらぎ　14
鳥取　21
幸福論　25
飛行機雲　29
足首　33
落葉　38

二〇一〇年
少年　46
侘助　52
裕子さん　58
天気雨　65

オリーヴの実　68
団栗　73

二〇一一年
冬　78
東日本大震災　83
校庭　88
蟷螂　91

Ⅱ

二〇一二年
手紙　98
空耳　102
横顔　108

瀬戸内　112
ブルームーン　122
雨は雨　127
京町堀　131
肋骨　134
笑っていこう　137
名前　141

二〇一三年

木津川　146
ジンジャー　150
折り鶴　153
陽炎　159
風鈴　163
海辺　166

夏野　171
靱公園　174
澄水　183
新しく、おはよう。　190

二〇一四年

白髪橋　198
毛馬水門まで　201
粉雪　207

あとがき　214
叢書版あとがき　218

声を聞きたい

I

二〇〇九年

ひいらぎ

この先のこと話そうか昼すぎの雨にしめった帽子を脱げり

アーモンドタルトはさんで夕ぐれと夕ぐれの木のようにふたりは

能面のうつむくときによろこびの表情となる　陰をこぼして

ときに鉄は冬の果実のかたちして工場のすみに並んでおりぬ

陽は紙のふくろのなかの空間にたまりてやがて夕暮れとなる

さわさわと雨ふりかかる沈丁花《じんちょう》のひえた根方に鳩死にている

めまいしてそのたび空を見上げるも「どないしたの」とまたたける空

ひいらぎに雪が積もりて今われに透きとおりたる孤立の思想

ベランダに飛び込んできた白球を投げかえしたりこのもやもやも

三月は命日ふたつほっかりと空に大きな穴があきおり

ふらふらと春の埃にまぎれゆく　たまごのような胸を広げて

俺だけは裏切らないというようにセイヨウタンポポ溝に咲きたり

あの時の声はあなたにかえします風にゆれいるエノコログサよ

鳥取

宵闇にほどけるひかりほうたるは木の高みまでのぼりつめたり

まなうらに君はひかりを閉じ込めるちかいほうたるとおいほうたる

ひったりと風やむゆうべひとつ灯をともしてあふれくるせつなさよ

アカシアの若木のかげに川流れ昼のほたるを探しておりぬ

雨滝二首

水は光を忘れたように落ちてくるそのきわまりを見つめておりぬ

ああ水は一瞬重さをなくしつつ桂若葉のゆれている空

幸福論

ひとしきりマークX走らせて極彩色の森を見つける

幸福論書きし手紙をヤマドリの唾液のような糊で封せり

午後9時のニュース　二首

武器のないほうにむかいて一帯のひとらながれぬ死者がのこれり

あとずさるひとらの群れを境界とよぶときわれは火を意識する

蟬の声うけいれながら昼寝せり夏は死のにおいとだれがいいしか

落胆の感じなくなるまでじっと夏の窓辺に頬杖をつく

飛行機雲

きよらかに葡萄包めるセロファンはかがやきにけり朝の厨に

セロファンにつつまれていし一房を水にひたせば一粒うかぶ

一本の飛行機雲のありようもつたえられずに電話を切りぬ

特急の窓から見えるバスケットゴールは今日も向き合っている

咲けセイタカアワダチソウ　かたれないことはそのまま信号わたる

山吹が塀をはみだし咲くところすこしさがってながめていたり

足首

すぎされば悪意も秋の陽だまりのなかにちいさく吸われてゆけり

ひややかな風の朝《あした》の食卓にサーモン割けば太き骨出《い》ず

キンモクセイにおいくるなか自転車の空気入れ抱き階段おりる

嘔吐するまでけんかして帰りくる子のジーンズをざぶり洗えり

運動会二首

寝ころんでうちあげられた魚のよう組み体操の少年少女

少年の足首たかくかかげたる空にかたむく太陽がある

どのように生きてもいいと子に言えりうとうとと歯を磨くうしろで

雨が降るすなわち靫公《うつぼ》園の紅いポンポンダリアも濡れる

ひりひりと声あげながらはからずもボールとともに落ち葉を拾う

落葉

風呂敷は臙脂の空をひろげつつ波打ちやがて床にしずもる

うっとりと飛んでいる鳥たたかいと訣別したる翼ゆらして

ネパールの銀の鋏に彫ってある草の紋様やわらかそうな

たわたわとまぶしい朱欒《ざぼん》こえあげて泣いた私はきのうのわたし

すずかけの枯葉をがさりがさり踏むよく笑う子といわれつづけて

風やみて夕光《ゆうかげ》まぶしゆっくりともの言うひとと落ち葉掃きゆく

ふいに風うしろをとおりすぎたとき図書館の鍵開けていたので

さびしさは言葉にしないこと多く落ち葉蹴りつつ夜の道行く

曇天のにぶいひかりに冬鳥は身をほそくして飛んでゆきたり

工具箱にしずもる鋼《はがね》みずからのつよささびしむ夜のありたり

また誰か海に向かって立っているまぶしいだけのまぶしい夢に

二〇一〇年

少年

磨りガラスむこうゆらゆら真緑のヤツデは冬の風にゆれてる

ひえびえと澄んだ空へと少年の揚げるカイトは黄色まぶしく

少年が空中になにか描いているそのからだより大きななにか

がまんしてきたけれどもう辞めたると黄の制帽を投げ捨てにけり

玄関に帽子はぽとりと落ちたまま夕方の雨降りだしている

黄の帽子かぶりて登校するきみはもう半ズボン似合わずなりて

少年は何を恋しむ自転車を二人乗りして追いこしてゆく

きのう呼び今また呼んで青い葉をいちまいいちまい摘んでゆくよう

メニメニメニメニメニメニメニィサンクスとこの少年に言う日のありや

過ぎさりし時間はすべて雲のよう見上げていればふくらんでゆく

侘助

佐太郎の枇杷の木おもうゆうぐれに空腹のまま乗り込む電車

ヘッドフォンはずすときだけ話したり　わたしはずっとここにいるのに

こんなにも輝くものか堂島川と土佐堀川が出会う水面は

ゆれる葉が傷つけあっているようにみえるよ君の嘘に気づいた

もういちど横顔を見て立ち上がるわれが去りゆくものであるから

侘助の花花ひくい枝に咲きすなわち高い枝にもゆれる

笑ってる顔だけおぼえていてほしい車を降りてこぼれるなにか

まひるまに小さく歌をうたうなり声はどこへもゆかずただよう

折れている黄のチューリップ傍らを行き帰るのみ昨日も今日も

訣別というはこういうものなのだ渇ける池に石を投げたり

裕子さん

対《むか》うときいつもあなたのさくら色の爪を見ていたどうしようもなく

報《しらせ》あり　つめたき水に浸かりいる茎のごとくにじっとしている

コスモスの庭を去るとき振り返ることの怖さにまなぶた冴える

泣くことをわれはゆるされているのかわからぬままに引き戸を閉ざす

ほのしろき光は不死のにおいせり螺旋の階をのぼりゆきたり

抽斗にたまってゆけるハンカチの縁やわらかく重なりあえり

問《とい》ひとつ　きけないままのくやしさに息をくっきり吸いこんでいる

もりあがり咲く百日紅あかるくて笑ったついでに泣いてしまえり

ヤブコウジ枯れてしまえり善人はほろほろ透けるなみだをながす

もしかして死なざるひとのいるかもと太鼓打つおと夜空に響く

空間にひろがるあわき重量のヌスビトハギよあなたの庭の

「あんたなんか」と言われた日もある　その声は椿の照葉のようにきれいで
こんもりと立つ藪椿そのようなひとであったと死ののち気づく

天気雨

ストローの小さき孔に舌を当つ　こころ通ずるとはどんなふう

雲にむけ撒く夏の水　いくたびも打ち消されたる非戦論おもう

いちどだけ生まれたわれら天気雨に膝を濡らして自転車をこぐ

未知の場所　声にしたことない言葉　雨にぬれつつ考えている

オリーヴの実

細かりし足知らぬ間にぽぷらあの翳れる枝のごとくなりたる

少年にふたたびの秋めぐりきて旗を眩しみ見あげていたり

ゆっくりと生きよと庭に大きなる影を落とせるメタセコイアは

秋空にすこし反りある肘伸ばすまだなにびとも抱きしことなく

メタセコイアぶあつく靡く校庭に弁当の蓋すべてひらけり

アクセルをふみこむ前にボリュームをあげたり秋にねばる淀川

少年のうすい胴体つつみたるTシャツにジョン・レノンほほえむ

翳の濃きポプラの道に変声期の喉ふるわせてわれを呼びたり

たしかなるものはここにもあると言いオリーヴの実をひとつ摘みたり

団栗

階段に金木犀のにおいして夜道にひびく声を聞きおり

書きとめた言葉のなかにわれがいる小さいノート取り出す夜ふけ

どんぐりに目を描きたればおそろしく机の隅にいつまでも置く

月色の赤らんでいる夜の淵にひるがえりたるわれのコートよ

二〇一一年

冬

きわまれる冬にちいさな心あり誰に言うとしもなきことばよ

阪神大震災より一六年

母の顔おおきく腫れてそのときも大丈夫って笑って言った

この冬もしずかに蜜柑など剝きて大地震《おおない》のこと父は話さず

一輪の椿のなかにまたひとつ椿の見ゆる夜の窓辺に

白煙《しろけむり》かえらぬものは美しく空の果てまで見とどけている

わずかなる肉を買う日々ひえびえと聞きたる鳥の声のきらめく

ときとして怒りが力を湧きたたせ曇天にふかくうずもれる鳥

電話とはときにぷつりと切るもので風に大きくたわむオリーヴ

東日本大震災

メモ帳のオレンジの表紙反る窓辺どんな報せもただ受けるのみ

茎の上にただひとつ黄があることのタンポポ風にあたって揺れる

言葉が哀しみをおこしてしまうかもしれないそれでも書く　北へ

沈黙のうえをわたって塵が飛ぶ　その海の辺の石を拾おう

ひとりずつ窓のあること春さきの風をまぶたに受けておりたり

肉体が地球の夜の一滴をすいこみながら突っ立っている

掌《てのひら》にすくった水で口濡らす　かなしい朝のおこないとして

花びらはどれも少しく欠けていてわらい声する路上に飛べり

われわれは弱い存在ゆっくりと漁船が海にもどされていく

校庭

ロバリオという友だちのこと話すバナナブレッドぽろぽろこぼし

説明のつかぬ苛立ち曳いてゆく少年の背の旗のごときは

なんでこう伝わらないかと見あげたる夕べの雲はぜんぶ紫陽花

背番号5番のおまえが寝ころんでいる校庭を鴉があるく

蟷螂

いま空がね、風がね、などと言いながら言葉がなにを伝えてるだろう

水面は睡蓮の葉に覆われてすこしながめに息を吸う昼

カマキリが自転車置き場に横たわり散ったばかりの葉のように死ぬ

昆虫はやわらかくなり人間はうすくなり死は秋の奥底

II

二〇一二年

手紙

たおされた扇風機のよう中学生男子がねむるフローリングのうえ

うすぐらい光より降る雨、　雨よ泣くことは死に無用ではない

横たわるほかなき死者よ手向けたる花の上から胸に触わった

いつもいつもメイルばかりの少年が手紙を書いた　友が死んだ日に

麦の穂がざわめくような手紙書き雲をみあげてばかりの少年

便箋に書いたことばは風となる小さくたたみまた会おうきっと

空耳

水仙は膝のたかさに咲いていていてこんなに遠くまで会いに来た

バスはいま坂を下ってアザラシの遠鳴きのような音させて来る

空耳　春のかすみを外れつつ鳥がわたしの名前を呼ぶよ

今日の花、明日の花と連なりのやさしさに咲く花フリージア

真夜中に書いた手紙の混沌を落書きだらけのポストに入れる

やみくもの闇をおそれてタクシーを追いかけてゆくビニール袋

カーブするときに胸から湧く声を喉にちからをいれてとどめた

からだから外には出ずにひびいてる声でわたしは自分を呼んだ

蒼天のきしみのようにも聞こえつつ声はいつでも誰かのもので

声はまた風にもどってなくなって見えるかぎりの川面がひかる

横顔

かたむけた日傘のなかに充ちてくる葉の擦れるおとよろこんでいる

紫陽花がごろんと咲く日さびしさの表現として沈黙がある

クローバーは四つ葉でなくても幸せになれるとおもった梅雨の晴れ間に

前髪にからまってくる囀りに母音はなくてかろやかにゆく

目的の駅舎は見えているけれど遠まわりしてカラスノエンドウ

横顔のむこうエノコログサが揺れまたおなじことたずねてしまう

今はただフロントガラスに雨つぶをのせてる　あなたを送った帰り

瀬戸内

バラッドを3曲ダウンロードしたカクンと列車走りはじめて

草の秀をざわっとさわったてのひらのまま特急のかたすみに寝る

いつか泣く　遥かが光る瀬戸内の海を撮して旅をはじめる

列車から降りればベンチが夕焼けて夜になろうとしているところ

ぽつぽつと水玉模様のワンピースつるした部屋にも夜はきている

むずかしいひとだとわたしを言ったひと麦穂のような眉毛であった

批判しながら描きつづける一本の樹がありふかく澄んださみどり

青空がぽっかりひらく月の夜の風が水着をかわかしている

封筒のすみに記したわれの名よ勇敢な鳥になりたいいつか

青空に切り傷ひとつある朝に旅の途中の手紙を出した

最初にあり最後にあったのは言葉ひとつひとつが大切なまま

あさがおの蔓あちこちにぶつかって夏にはいつも自転車なくす

信じてた　過去形にしておもう日に風は瞼をかすめていった

ねえこころ折れるとはどんなふうこころは空と胸を行きかう

ゆらゆらの夏がゆらりと立ちあがる　列車の去ったレールの上に

すんすんとスイングジャズを聴きながら青い座席にからだあずける
ながくながくアルトリコーダー吹くように新幹線で東へ帰る

指を組み太腿の上に置くときがもっともすずしいわたしのからだ

ブルームーン

ガラス扉にぶつかりつづける飛蝗見て夏のあしたの陽のなかに出る

ただながい時間からだを横たえた　夏がわたしを過ぎてゆくとき

闇を背に火をちょうだいと言い合って熱風、ばけつ、花火、うつしみ

安治川を水上バイクがのぼる昼バタンバタンと水が鳴ってる

公孫樹から鴉へ視線うつしつつ思い出はあわい未来のようで

むなしさをつたえることば探すふりしながらうすい雲をながめた

鳥であることおもわずに飛んでいる鴎はしろくしろくかろやか

暗い、いや、なめらかな雨。吐き出した息はたしかに胸からのもの

そんざいをけしてくしゃくしゃ歩いてるブルームーンおまえだけおまえだけ

雨は雨

はなびらがどこにも落ちていない道そのような思考やがて持ちつつ

この窓をすぎて地上に下りていく雨は雨だよ比喩にはしない

夜空には冷えたしらくも机には熟した葡萄　憂いを云えば

さびしいと言わないプライド葉も花もやわく芙蓉が立ってみせるよ

ありがとうはきれいな言葉うつむいて青い手袋ゆっくりはめる

ほのぼのと陰をからめて舞う蝶をビョウヤナギのそばで見ている

ぽぷらあの根元のポストへ一通は速達郵便、西の海辺へ

京町堀

わたくしがものを食べてる昼ひなか大型船が港に着いた

ざわざわってヤマボウシの木があかくなる秋ですそれはとてもまぶしい

葉をゆするヤマボウシの木の傍に立つわたしはわたしの重さしかなく

どの声もあなたを呼ぶにふさわしくないよ京町堀で待ちつつ

肋骨

かさねゆくときにあなたも動かして冬のふかみに音のする風

橋を過ぎわたしはあなたのゆいいつの阿呆でありたい冬のおわりに

わたしにはどうすることもできないよ山のむこうのむこうオレンジ

川岸の小舟のような雑貨屋であなたが買ってくれるハンカチ

みはらしのよい場所に来て肋骨をくぐる風のことあなたに話す

笑っていこう

眼にうすい瞼かぶせて萩のそばすきとおるまで笑っていこう

雪の降る絵をくれた日がやわらかく記憶のなかにふかくのめりこむ

水の面にだけ話すことふえてゆくそこは椿の花がうかんで

雲灼けてきみと無数の枯れ葉踏むたしかめられないだから信じる

自転車は鳥にも似てて押しながら川わたるときすこしよろこぶ

逢った日はあなたの言葉がのこる胸　空には鳥が羽ばたいている

陽だまりにとめどない黄よ落葉はまた逢うための空白に降る

名前

机から落ちたノートは傷ついた翼のように影をひろげる

路線図のなかにいくつも空がある　冬のかすかな光に充ちて

君の窓　みえる樹がみな枯れている　頬杖ついてここで生きたい

さむざむと真冬のポプラながめつつしまっておいた胸をあわせる

たちどまりたしかめてみる樹の風のようなひびきのあなたの名前

二〇一三年

木津川

なぜ夕焼けをおぼえていたいとおもうのかあちこち揺れる樹のそばに立つ

ひんやりと椿ひらいている夜の公園で待つ青い自転車を

膝にくるくやしさがある　椿、椿、蒼白のはな咲く道を行く

星空を見ている君のからだにも喉《のみど》はあってとても低い声

山茶花も言葉でできているものか「さざんかだね」と言いつつ過ぎる

木津川はわたしのからだのなかをゆくようにおもえて明日も笑おう

ジンジャー

朝にまた椿が咲いていて言葉よりつよいものとかそんなものない

もういちど逢うなら空をつきぬける鳥同士でねそしてそれは夏

キッチンにいつまでもあるジンジャーの欠片もういいひとりのままで

いつもいつも言葉は直接言うものださっきから降る雨がつめたい

横ぎった翼の裂けめの残像が消えない夜もごはんを食べる

折り鶴

花束は土佐堀川のにおいしてすこし吸い込みあなたに渡す

垂れ下がる馬酔木の花の四月には四月に出会ったひと思い出す

わがままでいようオリーヴどんなことしてきた日にも葉をそよがせる

そこにいてそこで見ていて立ち上がることがどういうことか見せるから

折り鶴のように車窓にねむってる少女をのせて発車するバス

約束はたくさんしたよそしてまたたくさん忘れた　花火見ながら

どの川も海への途中　水門がしずかに話すように上がった

ここにあるただあるのみの真っ白の大皿いちまい声を聞きたい

カサブランカのひらきはじめた部屋のなか繋ぎ目のない時間を過ごす

ありえない計画ばかりたてながら橋のむこうのパン屋までいく
筍を切る手ごたえのやわらかく忘れていいことばかりなのかも

陽炎

陽炎のなかのひとりとなりながらすこし残った花をみあげる

大根の花が遠くにゆれるのをしばらくながめ歩きはじめる

春空を飛んでる鳥の羽はいい　光をたっぷりうけとめている

わたしには言葉があるとよろこんで海にむかって歩いたずっと

電車から見えた光は水だったかもと毛布にくるまりおもう

花、白い花、おもいだす死者の目はまばたきをして風ひかる道

晴れた日のながみひなげし揺れあって呼びあって、でも触れることなく

風鈴

老い父の眸ちいさくなっていく春の陽のなか自転車をこぐ

ゆうぐれの鳥がひやりと風に乗り永久欠番のように飛んでる

塚口もやさしい雨が降るだろうあした会うひとやわらかな眼の

うっかりとこの世にまぎれこんでいる四日月なぜ思い出は照る

出してきた風鈴もってきらめいて窓から窓へ歩きまわるよ

海辺

ほつほつとあなたが話し紫陽花が道にあふれてひとつに触れる

パラソルへビールをはこんでいきながら後ろの深い空をおそれる

爪先をひたせば海は揺れはじめどこへ行こうか不安なんだろ

雨の昼、凌霄花からまっているバス停をバスが過ぎゆく

ほそながい耳しているとおもいつつ後ろをゆくよ合歓の木の風

くらくらと飛んでる鳥を見ていたら誰かに云ってしまいそうな恋

今日行ってきたところには花ゆれていたけれどまだ言えてない言葉

海と海につなぎめがあり真夜中にめざめたときはメイルください

夏野

噴水が今日のさいごの水たたみ広場に蝶やダリアさまよう

風光る青田のなかから立ちあがるひとが見えたよ夏の燕よ

強いって言われるために水底で眠ってもきたし笑ってもきた

夏野ゆく傷ついたなどつけたなど言い合いながら自転車でゆく

靭公園

昼すぎのいつもの靭公園の山吹のあたり陽がつよく射す

八階の窓辺に立てたヒマワリの横顔が月に照らされている

わたしがね、駄目なんやろか　聞きながらあなたはそっと夏帽子脱ぐ

公孫樹散りゆくのが見える窓の辺にねむるあなたの肩の曲線

どこかしら痛むとおもえばこめかみであなたの声がとどまっている

無神経ではなく無邪気だと言った　青い自転車傷ついたまま

強さとは言葉にまけないことであり炭酸水をひりひりと飲む

おなじだけ風をうけてもわたしだけざわめく　きみは眼鏡気にして

てのひらは触れていい場所ハンカチのようにひろがる花火みあげる

たとえると樹よりも花のあなたにはひっそりとした背中があって

まばたきのすれすれにまで近づいて虚空のようなやさしさのきみ

離してもいいのよあなたてのひらはひらり葉に触れまた戻るから

垂れている百日紅のはなふさに擦れてとぎれる唯物論は

リアリストのきみも心を滴らす夕ぐれそれはそれはしずかな

ぶつかってから歩いてることを知るわたしはきのう睡れなかった

いつまでもこころかくしていきなさい狗尾草が膝をかすめる

澄水

静かに。ねがい沈めた澄水《すみみず》の水のおもてがゆれているから

苦しみがあるからずっと行けそうで川のむこうに薄なだれて

鴉羽《からすば》は黒の中心　うつくしいまま忘れたいことの多くて

月は燃え夜は冷たいたんじゅんな夜にまみれてただいま石榴

一本の飛行機雲があらわれてそろそろ涙ながしてもいい

南天を剪ってコップに挿す朝はじぶんのおもいやたら重くて
あたたかいお茶を淹れますわたしはね泣いてもここに座るしかなく

封筒の封をはさみであけてゆく永遠よりも一瞬が好きで

初冬に生まれわたしのありようはつめたく光るひいらぎの葉よ

声なんか言葉なんかと肘をつく欄干のした木津川がゆく

ひそやかに自由が自由をころしゆくその法案は今日可決され

冬の日にとおい場所からきたような紅い自転車横たわってる

新しく、おはよう。

冬の陽をカチッと音のするところまで入れてくれ咳をしている

ぜんそくと診断されたまひるまの空をあらわす言葉があれば

歳月といえるほどまだ生きてなくて落葉のうえを自転車でゆく

丙午の生まれのわたしの鬣はやさしく立って海鳴りを呼ぶ

かたむいた薄ながめるまなざしをわたしに移しなんてやさしい

やはり君も落葉のにおい　冬の樹が透ける真冬に身体を抱いて
ふんわりと毛糸のような息を吐き眠るあなたをおいて出かける

怒りとは独りのこころ冬ざれの朝の枕はちいさくくぼみ

みずからの深さ見つめているような川は流れて冬が深まる

さくらの木その木のかげに降ってくる葉は赤錆の色にそうっと

うらづけのある愛なんてつまらない新しくきみおはようと言え

二〇一四年

白髪橋

さびしいんちゃうかとおもって持ってきたリングドーナツ空のあなたに

白髪橋あたりで頬にくる風よ鳥は翼を大きくゆらす

罫線のないノート買うほわほわと空に白雲ひとつうかんで

夕闇の土佐堀川を見おろしてブルーソルトのアイスを食べる

送られてきた写真にはふかぶかと蜜柑の山と冬空がある

毛馬水門まで

雨あがりをゆけば大阪天満宮あなたの澄んだ柏手を聞く

手と口を漱ぐしぐさに精神の断崖をみて青空まぶし

言葉では敵《かな》うはずない青空をボンバルディアが横切ってゆく

でもわれに言葉はうまれ傍にいるひとにすなわちあなたに告げる

あたらしい遊歩道行くことごとく刈られた蘆の残像のなか

風のにおいに水を感じているというあなたの傍を毛馬《けま》水門まで
投げかけた言葉はいつか届くもの水辺に残念石が転がる

川底へしずんだ石に瞑目はないが重量ぶんのしずもり

二丁目の角のしらうめ明るんで別れまでまだ千年はある

とぎれつつトランペットの音のする春の霞のなかのくちづけ

粉雪

粉雪がしみこんでいく川見つつ伯楽橋をあなたと渡る

夕暮れはどうでもいいこと考える　あなたが猫を呼んでいるとか

公園のベンチからみる空の芯ひかりはどんな苦しみを消す

水仙のあまいにおいが吹きぬけた迷って道をおりかえすとき

春の夜に舞う雪片はひそやかな声に似ていて眼をとじる

見あげたら蕾のうぶ毛光りつつ白木蓮よもうすぐ川だ

今年また白木蓮の道あるくこれでいいって何度も言って

近づいたり離れたりして歩きゆく淀川岸の数かぎりなさ

抽斗のなかにみつけた鍵ひとつ何処もあけられないやすけさに

カーテンを透かす光を見つめてる目覚めたことに気がつきながら

あとがき

空を見ている。
ときどき、声の聞こえる気がする。

この歌集におさめる歌を作っていた間、そして今も、
子どもっぽいほどにこだわっている
言葉。
ときに言葉は声となって私の身体を川のように流れた。
掌や、小さな部屋のなかに映しだされ、流れる

画像で
何でもわかったようにおもえてしまう今、
生身から発せられる声が
とても大切に感じる。

声が聞こえてくる歌を作りたい。
そして、
私の歌の言葉が声となって
誰かのなかを流れる日があるなら、うれしい。

＊＊＊

五冊目の歌集を出すにあたって、
さまざまに助けてくださった倉本修さんにお礼を言いたい。
また七月堂の知念明子さんは、なかなか原稿が出せない私を
あたたかく見守ってくださった。
ありがとうございます。
そして、ともに詠っている「塔」の仲間には
やはりいちばんにこの歌集を届けたい。

二〇一四年六月七日　電話を切ったあとに

江戸　雪

叢書版　あとがき

山に登ると、どんぐりや松ぼっくりや色づいた葉が道に落ちている。一片を持ち帰り机に置く。それはいつまでもきれいな形、たしかな存在感をもってそこにある。

一方で、自分の歌はそうはいかない。時間が経つと色あせて情けない存在になってしまう。以前はそれに耐えられずなるべく読まないようにしていた。

このたび七月堂の知念明子さんが『声を聞きたい』の叢書版をつ

くりたいと言ってくださった。

この歌集の頃は子どもがまだ家にいて、父も生きていて、ぼろぼろの自転車で行きつけのバーに行くのが日課だった。なにより東日本大震災の後、数年間は文語が使えなくなっていたことを思い出す。当たり前だったことが喪われていく厳しい現実を前に、湿度のある文語は使えなかった。

こうして久しぶりに過去の歌を読んで、やはり情けなくはなったのだが、自分の作品を愛することも自分しかできないのだなと感じる。

情けなくてなんぼのもん、と開き直ろう。

よい機会をくださった知念さんにはお礼を言いたい。
ありがとうございます。

歌にふきこんだ声が、かすかにでも誰かに届くことを今日もまた祈りつつ。

二〇二〇年九月

江　戸　雪

声を聞きたい

二〇二一年五月二〇日　叢書版第一刷発行
二〇一四年七月十五日　初版第一刷発行

著　者　江戸雪
発行者　知念明子
発行所　七月堂
東京都世田谷区松原二―二六―六―一〇三
電話　〇三（三三二五）五七一七
FAX　〇三（三三二五）五七三二
印　刷　タイヨー美術印刷
製　本　あいずみ製本

ISBN978-4-87944-443-1 C0092